모아드림 | 21세기 | 기획시선 ⑲

산으로 가는 문

한광구 시집

2001
모아드림

산으로 가는 문

■ 自序

　『깊고 푸른 중심』이후 한동안 시업(詩業)에 게으름을 피운 것 같다.

　하지만 그 깊은 중심에서 나와서 나는 '산'으로 상징되는 세계를 만나게 되었다. 이『산으로 가는 문』을 통해서 나는 지천명(知天命)을 걷는다.

　이 시집이 있게 해준 고마운 분들에게 일일이 마음 깊이 감사드린다.

2000년 겨울
한광구

산으로 가는 문

차 례

■ 自序

1부 · 사기막 가는 길

한광구 **시집**

2부 · 풍경 소리

산으로 가는 문

차 례

3부 · 아름다운 문

4부 · 산으로 가는 길

산으로 가는 문

차 례

1부 · 사기막 가는 길

삼월로 가다

3월로 가는 길은
아직 얼어 있었다.
낮이면 녹았다가
밤이면 얼어
뼈를 세우고
차가운 바람소리를 듣는다.
간밤에도 오리나무 하나가
십 리 밖에서부터 몰려오는
겨울 바람소리로
뼈를 세워 일기를 쓰고 있었다.
낱말들이 하얗게 얼어붙었다.
쩽하는 비명을 행간에 묻고 있었다.

3월로 가는 길은
얼어붙었던 낱말이 녹아 질퍽거린다.
뼈가 눈물로 녹으며
오리나무 가지마다 붉어진다.

도솔산(兜率山)

먼저 춘란(春蘭)이 노란 웃음을 머금고
부푼 꽃 몽우리로 인사를 건넵니다.
뒤에 서있던 산수유가 잇따라 눈웃음을 건넵니다.
내원(內院)으로 가는 길
아, 뉘신지요.
진달래가 붉은 꽃잎으로
반색을 합니다.
아하, 가쁜 숨 몰아쉬고 땀을 씻으니
연초록 속잎으로 눈뜨는 나무들이
비탈길에 서서
바람으로 인사를 대신 합니다.
저 안쪽 길로 오르십시오.
중생(衆生)들이 제각기 자리를 잡고 앉았으니
가서 하늘에서 오는 햇살로
몸을 씻으시구려.
고맙습니다.
정다운 풍경(風景)들이 아득히 자리잡고 있습니다.
예서부터 외원(外苑)으로 가는 길을 찾으십시오.
이 몸은 다시 하산(下山)합니다.
합장(合掌).

선운사 동백꽃

미당 선생이 지팡이 집고 거닐었음직한 선운사 앞마당에 오니 선생은 동백꽃 보러 왔다가 동백꽃은 못 보고 주막집에 들러서 육자배기에 붉게 취하셨나보다.

무량수전(無量壽殿) 돌아 검푸른 머릿결 빗은 동백 숲에 오니 막 피어나기 시작하는 꽃봉오리들이 저무는 봄 햇살에 꽃 그늘을 만들고 있더군. 아, 저기 어디쯤 미당 선생이 거닐다가 유정(有情)하여 주막집으로 드셨나보군, 그분 따라가서 풍천장어에다 붉게 익은 산딸기 술 몇 잔 마시고 동백아, 동백아, 불러보았더니 서러움에 취한 듯한 지는 동백꽃이 내 손목을 잡는데, 이어서 막 피어나는 동백꽃이 춤을 추자고 몸을 흔드네. 그래, 그렇지, 이왕이면 색신(色身)이 고와야지, 저마다 꽃등을 켜들고 황혼(黃昏)으로 녹아드는 오늘 나의 동백(冬栢)숲.

신선대(神仙臺)

허위허위 땀에 젖어 오르는 길
한 구비에 다다르니
욕계(欲界)의 힘찬 뿌리 우뚝 서 있다가
짐짓, 오른쪽으로 길을 내어주더구려.
그 길 따라 다시 숨가쁘게 올라가니
늘 가슴 속에 붉은 안개를 품고 사는
자운(紫雲)이 빙긋이 맞아 주시더구려.
잠시 땀을 닦고 앉아 있었더니
슬며시 보여주시는 옆길
소나무 몇 그루 서 있고
간밤에 별들이 내려와 놀고 갔다는 자리에
흰 눈썹을 흩날리고 그 분이 앉아 계시더군.
길을 열어 주십시오.
묵묵부답(默默不答)인 그 분
아래로
엎드린 능선들이 아득히 뻗쳐 있구려.

사기막 가는 길

　주말이면 우리들은 북한산 사기막으로 가는 길을 걸어가
지요. 살아오면서 본의 아니게 지은 죄를 벗어버리고 사람이
하늘로 가는 길을 찾아가는 겁니다. 허위허위 가다보면 이어
지는 고갯길로 접어들고, 다시 가파른 바윗길을 서로 밀거니
잡거니 땀에 젖어 오르다보면 나무들이 묵묵히 제자리를 지
키고 서서 가쁜 숨 몰아쉬고 오는 우리들에게 손을 내밀지
요. 정상(頂上)이 가까이 보입니다. 숨이 너무 가빠 주저앉
으면 하늘을 이고 앉은 색즉시공(色卽是空), 공즉시색(空卽
是色)의 물상(物象)들이 자욱히 내려다보이지만 우리는 목
이 말라 머물지 못하고 다시 내려와서 샘물로 목을 축이고
만나는 사람마다 사기(四機)의 인연(因緣)으로 서로 인사를
나누며 유정(有情)한 주막(酒幕)에서 한잔 술에 취한답니다.

적멸궁

삼천사(三千寺) 뒤에 산다는 그녀를 찾아갔더니 길은 첩
첩산중의 계곡으로 아득히 뻗어 있고, 봄 햇살 가득히 머금
은 나무와 풀잎들이 파릇한 눈웃음으로 길을 내어주더군요.
파릇파릇 돋는 새잎에 눈맞추며 가다보니 이 가문 봄날에도
졸졸졸 냇물이 속삭이더군요. 길은 사방세계(四方世界)로
뻗었는데 다복다복 억새풀 서걱이는 숲 안쪽으로 난 작은 길
로 들어서니 제비꽃, 할미꽃 피는 파란 잔디밭, 물오른 나무
들이 사이좋게 길을 내어주는 아늑하고 깊은 자리, 아, 문수
보살(文殊菩薩) 같은 얼굴을 하고 앉아 있는 바위, 그 품으
로 스스럼없이 다가가니 깊숙한 길이 다시 열리고 속삭이는
바람소리에 햇살 따스하게 내려와 온몸이 스르르 허물어지
는구려.

사랑의 다리

　남원 광한루 앞내에 사랑 다리가 새로 놓였는데요. 그 사랑 다리를 손잡고 걸으면 우리들의 사랑도 허물을 벗고 하늘까지 갈 수 있답니다. 오늘은 마침 우리 처음 만났던 푸른 숲에도 새잎이 돋아나며 초록빛으로 곱게 빛납니다. 그때나 지금이나 사랑이 뭔지 나는 똑똑히 모르지마는 몸은 천 길 땅밑을 흐르는 물일지라도 마음은 하늘을 향해 솟구쳐 떠도는 구름, 구름이 되어 우리 둘이서 하늘을 함께 숨쉬는 거지요. 이제까지 살아오면서 가슴 저미는 아픔이야 너무 많아 늘 말로 하지 못하고 속으로 눈물지었습니다만, 쏟아지는 햇살 아래 이렇게 쏴아 하고 솟아오르는 이 물줄기를 타고 마음은 영롱한 노래가 되고 싶은 겁니다. 이제 우리 둘이 손잡고 옛날 춘향이 그네를 타고 발을 구르듯 그렇게 확실히 발을 굴러가며 이 다리를 건너서 같이 하늘 나라로 들어가는 겁니다.

설천봉(雪天峰)

무주구천동에 가니 눈과의 인연에 묶여 있는 산봉우리 하나가 있다는데, 힘들게 당도할 그 곳을 곤도라 의자에 앉아 쉽게 올라가 보니 봉우리 다 내어주고 나와 앉은 고사목(枯死木) 한 분이 계시더군요. 하얗게 바랜 몸으로 불어오는 바람을 견디며 아직도 꼿꼿이 앉아 거길 지키시더군요. 옛부터 하느님이 유난히 많이 내려 주시는 눈 때문에 지금은 사람들의 스키장이 되었어도 아직은 솔 향기 짙은 묵주를 굴리며 눈이 녹아 흐르는 계곡으로 엉킨 인연을 풀어내며 푸르러지는 산허리를 굽어보시며 눈처럼 하얗게 살아 계시더군.

우도(牛島)

하늘이 주시는 빗물을 걸러 마시고
하늘을 되새김질하는 소 한 마리를 만났습니다.

　가슴 속에 뜨거운 불덩이를 안고 어쩌지 못하여 우우 어
둠을 뚫고 바다로 내달리다가 여기까지 와서 바다에서 떠오
르는 붉은 해를 보고 그만 가슴 속 끓던 불덩이를 토해 놓고
주저앉아 한 마리 소가 된 그 사람을 제주도 성산포 앞 바다
에서 만났습니다.

　요즘은 그는 머리에 하얀 반달을 뿔처럼 이고 검푸른 바
다에서 노니는 고기떼를 풀처럼 뜯으며 살고 있답니다. 털갈
이하듯 잔디 파랗게 돋아나고, 청보리 쓰다듬는 바람 불어와
그는 요즘 순한 눈으로 구름이 흐르는 하늘을 새김질하고 있
답니다.

숨은 부처

하늘 아래
앉은 바위
머리 위에 흰 구름
발 아래 깊은 우물
중생(衆生)들 모여와
목을 축이는 걸
햇살 같은 미소로 바라보며
중년 보살과 농담을 나눕니다.
곁에서 서 있는 소나무
한 동자(童子)가
산새 소리를 들으며 놀고 있습니다.

몸살

이 나이쯤 되면 길이 훤히 보일 법한데 그게 아니로구나. 비탈길 한 굽이 돌아 능선으로 올라설 때는 불어오는 바람 향긋하고, 탁 트인 전망 좋더니, 어느새 땀이 식고, 으스스 바람이 불어와, 길을 살펴보니 아차, 잘못 왔구나. 속을 감췄던 길이 갑자기 칼날을 세운 바위로 돌아앉는구나. 조금 전까지 햇살 아래 웃던 꽃들도 어느새 싸늘히 얼어붙어 서슬 푸른 가시 숲이구나. 다시 길을 찾아 위태롭게 오르면서 연신 주모경(主母經)을 왼다. '저희에게 잘못한 이를 저희가 용서하오니… 저희 죄를 용서하시고… ' 자꾸 걸려 넘어진다. 다시 일어서니 무릎이 휘청거리고, 어깨 허리가 결리고 쑤셔온다. 톡톡 쏘는 가시에 찔리며 밤새 길을 찾아 걷다가 뿌옇게 트여오는 하늘 아래 비로소 반야심경(般若心經)을 외는 지붕이 보이는구나.

젖은 바위

산을 오르다가
바위 하나 만나
땀을 닦는 사이
어둠이 덮쳐 왔네.
오르지 못하고
바위를 의지하여
불씨 하나 피워
놓았네.
사 사 사
라 라 라
불꽃
타오르며
바위 밑이
따스해지며
몸이 녹아내렸네.
새벽 하늘 아래
깨어 보니
내 몸은 어디 가고
바위 하나
흥건히 젖어 있네.

거미집

어디로 가는 길이냐고 물었더니 그대를 찾아가는 길이라 하더군. 마침 잘됐다 싶어 길을 함께 걷게 되었네. 그대가 사는 바위 앞에 이르니 그가 나를 밀치며 이 길은 자기 혼자만이 오는 길이라는 거야, 할 수 없이 돌아서 왔다가 훗날 다시 찾아갔더니 그대는 간 곳 없고 커다란 무당 거미집 한 채가 거기 있더군.

2부 · 풍경소리

종소리

산사(山寺)에 오니
비가 내린다.
모처럼 생기를 찾은 숲에
복음(福音)처럼
종이 울린다.
하늘이 내리는
빗줄기를 잡고 일어서는
저녁 시간에
은은히 젖어드는 여운(餘韻)이
잦아들면
다시 종이 울리고
비가 내린다.

참나무 감고 도는
칡넝쿨 같은
치정(癡情)이 풀리는
지천명(知天命)의 나이
젖어서 더 은근한 음성으로
암암하게 다이르는 종소리 울린다.
오늘은
새도록 비가 내린다.

초승달

비 그치고 개인 하늘
초승달이
참나무 가지에 걸터앉았다.

몸과 마음을
씻으러
우물가로 나가니
초승달도 내려와
슬며시
능소화 꽃봉오리
속살을 열어 보여 주며.
괜찮다고
발가벗겨
머리부터 가슴, 배, 다리
마지막은 발바닥까지 정성껏 씻어 주며.
바로 이런 게 세족례(洗足禮)라고 넌지시 일러준다

목탁새

검은 하늘이 트여 오면
때 맞춰
깨어나는 새
어디서 왔는지
어둠을 뚫고
참나무에 앉아
딱딱딱
목탁을 친다.
경(經)을 외운다.
곤히 잠든 온 산을
일깨운다.

미련

다시 찾아오니
꽃은 활짝
나비 날고
벌떼 잉잉
드나드는데
꽃 하나 반색을 하고
꽃잎으로 감싸서
온 하늘이 꽃 속 같아서
마음놓고
몸을 풀었더니
이크, 꽃밭이 아니라
잡초 썩어 가는 퇴비 밭이구려.
아차,
꼼짝없이 나는 여기서 썩게 되는구려.

풍경 소리

어머니 돌아가시고
아버지도 가시었네
두 임금 죽이고
다섯 번째 호랑이도 물리친
바람이
온다고
산새가 우네.

사랑도 욕심도 없어지고
독선과 아집도 버리었네
모든 게 죽으면 그만이고
아니, 아니 죽어도 있다는
두 중을 버리고
탐욕과 성냄
우울과 후회
다섯 번째 찾아온 의심도 물리치고
소리 없는 바람으로
내가 왔네
내 온 걸 산새가 알아차렸네.

국토와 신하를 모두 버리려 하는
적막한 오후
바람이 불어와
쟁쟁쟁
문득 돌아보니
부처님 찾아온
연꽃 보살이 합장을 하네.

주) 이 시에서 1연의 상징은 2연으로 해석되고, 3연의 국토는 우리의 감각
    기관과 그 대상의 감각을, 신하는 기쁨과 탐욕의 비유이다. (법구경
    294.295)

할미새

내가 사는 곳을 묻지 마세요.
집이라면 집이 되고
마을이라면 마을입니다
숲이라면 숲이고
골짜기라면 골짜기
평지라면 평지입니다.
부처님 계신 곳이라면
어디든지 제가 살지요.
숲 속이 더 즐겁습니다.
세상 사람들이 즐거워하지 않는 곳이니까요.
버려서 이렇게 가벼워진 몸입니다
버려서 이렇게 작아진 몸입니다.
작아도 가질 건 다 가졌답니다.
그래서 부처님과 함께 살지요.

오늘은
노랑 할미새 한 마리가
달마 대사 머리 위에 한참을 놀고 있습니다
스님보고 저 새 좀 보라고 했더니
집이 부처님 뒤에 있다고 일러줍디다.

수레바퀴

산길을 오르는데 한 소년이 소를 끌고 옵니다.

소를 따라 짐을 가득 실은 마차가 뒤따르고 있습니다.

마차의 바퀴는 땅에 깊은 자국을 남기며 소의 발자국을 따라 힘겹게 굴러가고 있습니다. 그런데도 소년의 발걸음은 너무 가볍고 뒤따르는 소도 힘들이지 않고 소년을 유유히 따라갑니다. 소년이 슬며시 내게 고삐를 내어주어 받았습니다. 이게 웬일입니까, 잘 가던 소 꼼짝 않고 소년도 간 곳 없이 사라졌습니다. 아하, 이제 보니 마차가 아니라 바위였습니다. 나는 바위를 끌겠다고 헛수고를 했던 겁니다.

갈,갈,갈(喝,喝,喝)

허,허,허(虛,虛,虛)

웃음 소리에 고개를 들어보니 소년은 바위에 앉아서 모든 일은 마음으로 이루어지는 것이니 바퀴가 소의 발자국을 따르듯 소도 그림자처럼 그대를 따른다고 일러줍니다.

물의 혀

물고기처럼 파닥이며
비늘을 번쩍이다가
바위를 만나
소용돌이치다가
떨어지며
땅 울음을 울기도 하지만
때로는
홀로 멀리 가
자취도 없이 숨어
침묵으로 말하는
혀.

그대 이름

그래, 너는 백합
그래, 너는 자스민
그래, 네가 야리향
그래, 네가 붓꽃
모두 향기 높아
바람에
흔들리다가
떨어지지.
떨어져 썩지.
썩어 가는 쓰레기 더미에서
바람을 거스르며 걸어 나와
다시 향기를 피워 올리며
피어나는 꽃아,
그대 이름은

구더기

꽃잎 크고
색깔 고와
문을 열고 들어서니
꿀이 떨어지고
속삭이는 말마다
기름보다 매끄럽고 고소했다.
바로 여기가 내원(內苑)이구나.
몸을 놓았더니
갑자기
꿀은 소태처럼 쓰고
기름은 똥보다 구려서
정신차려 보니
내가 바로 구더기가 됐구나.

집짓기

바위에 올라앉으니
하늘이 내려와서
내 정수리에 손을 얹는다.
순간
땅 위에서 숨쉬던 목숨
숨결이 한동안 멈춰지고
가라앉는 듯한 육신(肉身)
둥실 떠오르며
깊은 한숨을 토해낸다.
이 숨결
어제 쉬던 숨결인데
아, 가슴이 탁 트인다.
눈물이 난다.
(참회의 눈물이다)
눈물이 쏟아진다.
(기쁨의 눈물이다)
눈물 떨어져 기둥이 된다.
(너는 지식을 가졌다)
눈물 떨어져 기둥이 된다.
(너는 슬기를 가졌다)

눈물 떨어져 기둥을 세운다.
(너는 통달을 가졌다)
눈물 떨어져 기둥을 세운다.
(너는 굳셈과 섬김의 두려움을 안다)
네 눈물로 세운 기둥은 단단하니
바위 위에 일곱 기둥을 세워
새집을 짓고
네 소를 잡아
술을 따라
잔치를 베풀어라.
모두 네 집을 찾아와
먹고 쉬게 하라.
하늘이 그 집안에서 숨쉬고 있다.

벌

여섯 살 어린 아이가
숲 속에서
참나무
오리나무
소나무
가시나무
풀잎
풀잎
꽃잎
꽃잎
놀고 있네.
여섯 살의 눈으로 바라보는 숲은 경이로웠네.
말씀의 숲은 신비로웠네.
살과 피로 주신 사랑
순결한 향기
여섯 살의 눈으로 말씀의 꽃을 따라 한없이 가며
노래를 했네.
숲 속에서
가만히 노래 소리를 듣던
벌 한 마리 날아와

노래는 그렇게 함부로 하는 법이 아니라고
내 팔굼치를 쏘았네.
앗 따가워.
아차, 내가 너무 철없이 놀았군.
내 나이 쉰하고도 여섯이야.

관음봉(觀音峰) 가는 길

봉우리를 보고 길을 찾아 들었건만 비탈길 힘겹게 오르다 보니 길은 보이지 않고 발 아랜 아득한 낭떠러지, 다시 계곡으로 내려와 보니 울창한 숲 하늘을 우중충 가렸네. 나무 아래 앉아 길을 가늠하는데 제법 큼직한 배낭을 지고 오는 등산객 한사람을 만났네. 관음봉 가는 길을 아느냐 물었더니 같이 가자 하여 따라 걸었네. 아, 그도 나처럼 온 길을 다시 오고, 간 길을 다시 가며 종일토록 빙빙 돌기만 하네. 그는 배낭에서 연신 지도를 꺼내 보며 이 길이 분명하다고 하며 앞서가지만 걷다보면 제자리로 오고, 오고, 끝내 그는 지도를 보고 앞서 떠나갔고, 난 지쳐 홀로 쓰러졌네. 관음봉(觀音峰)이 어디더라, 결국 어느 바위 아래 잠들었다가 눈을 뜨니 푸른 숲 위로 하늘이 보이고, 한 줄기 햇살이 바위 사이로 비치며 작은 길을 보여주네. 바위 사이 길을 따라 조금 올라가니 소나무 아래 늙은 중이 앉았다 일어나며 모르면 지척도 천리라지. 숟가락이 어찌 국맛을 알랴, 혀가 국맛을 아는 거지 하며 일어서 가네. 그러고 보니 여기가 관음봉(觀音峰)인가?

어느 저울

말⋯⋯⋯⋯⋯⋯⋯⋯⋯⋯⋯⋯⋯⋯
말이쏟아져⋯⋯⋯⋯⋯⋯⋯⋯⋯⋯⋯
말을따라⋯⋯⋯⋯⋯⋯⋯⋯⋯⋯⋯⋯
온마을법석이지만⋯⋯⋯⋯⋯⋯⋯⋯
말을먹고⋯⋯⋯⋯⋯⋯⋯⋯⋯⋯⋯⋯
말독이오른사람들⋯⋯⋯⋯⋯⋯⋯⋯

혀

로

이웃을 죽이지만

부드러운 기도 소리 이웃을 살린다.

숨쉬는 돌

어둠의 땅에서
가슴 안에 품었던 말
석류처럼
알알이 박혔다가
핏빛으로
터져 나와
하늘로 가서
별처럼 반짝이다가
다시 땅을 찾아와
돌 속에 박혀
숨쉰다.

3부 · 아름다운 문

아름다운 문

하늘은 산 위에 파랗고
흰 구름 흘러가고
별
달이 살고
산은 멀리서
하늘과 맞닿아 있었네.
나는 산 아래서 태어나
산과 하늘만 바라보며
살아왔네.
어느 날 지나가던 한 사람이
날보고 손을 잡아 일으키며
가슴을 열고
산으로 가라 했네.
아, 이게 웬일인가
산이 내게로 오네.
나무, 풀, 꽃, 새, 나비, 벌, 벌레들
바위, 자갈 ,모래,
냇물, 송사리, 가재, 물방개

골짜기 위로 능선을 넘어 이어지는

산과 산을 만나네.
내가 껑충껑충 뛰면서 산으로 오르면
하늘이 성큼성큼 내게로 오고
푸른 봉우리들마다 내게 박수를 보내네.

연애경(戀愛經)

선생님은 맥주를 가장 즐겁게 마시는 법을 아세요? 전 그냥 물처럼 마셔요. 그렇게 마시면 아무리 마셔도 취하지도 않고 저절로 즐거워지는 걸요. 선생님은 시(詩)를 말씀하시지만 저는 매일매일 즐겁게 살아가는 법을 알고 있어요. 저는 매일 연애를 하거든요. 전혀 싫증이 나지 않는 방법으로 말이에요.

실은 저는 감옥에 갇힌 사형수들과 매일 편지를 주고받고 있어요. 연애하는 기분으로 매일 편지를 써요. 매일 답장이 오고, 사랑을 속삭이고, 상대요? 많을수록 좋겠지만 전 열 남자가 좋다고 생각해요. 그래야 매일매일 다른 목소리로 사랑을 나누게 되거든요. 아마 제 화엄(華嚴)인 것 같아요. 그런데 요즘 스물 일곱 살의 청년이 너무 풋풋한 사랑을 보내와 약간은 숨이 가빠오기도 해요.

아름다운 구걸

비 개이자
파란 하늘
당신이 손수 가꾸신
앞마당 꽃밭에서는
백일홍도 분꽃도 먹궁화도
패랭이 칸나도
다투어 피었습니다.
햇살이 밝게 내리고
매미 울어 대고
샘물 넘쳐흐르는
당신의 마당에서
색색의 꽃말을
은은한 향기를
그대로 두고
당신이 준비하신 꿀만 따먹는
저는 꿀벌이 되고 싶습니다.
그런 나비가 되고 싶습니다.

벌떼

오늘 아침 TV를 켜니 벌떼들이 잉잉댑니다.
꽃이 만발한 화면 속에 벌떼들 날아들어
이 꽃 저 꽃 옮겨 다니며 꿀을 따고 있습니다.
가만히 살펴보니
어떤 벌은 혀로 꽃심을 핥아 꿀을 따지만
어떤 벌은 혀를 비수처럼 세워
꽃심을 찔러가며 꿀을 따고 있습니다.
조간 신문을 펼쳐보니
거기도 벌떼들 어지럽게 날고 있습니다.
어떤 벌은 꿀을 따서 약을 만들지만
어떤 벌은 독을 섞어 죽음을 전합니다.

눈물 젖은 밭

올해는 비를 유난히도 많이 내려 주셨습니다.

텃밭도 물에 잠기고 너무 많이 주신 빗물에 가꿔온 작물
이 떠내려가기도 했습니다. 오늘은 젖은 텃밭을 햇살에
말리고 있는 중입니다.

새가 날아와

쫑쫑쫑

햇살을 쪼아먹고

덤불 숲에도

찌찌치

찌르레기 여치가 울어댑니다.

바위에도

햇살 쏟아져

쨍쨍

다람쥐가 올라와 놀다 갑니다.

봉지 두 개

상원사(上元寺)에 갔더니 스님이 텃밭에 심으라고 씨앗 봉지 두 개 주더이다. 그해 봄 봉지를 풀어 각기 다른 고랑에 씨를 뿌렸습니다. 한 고랑에서는 화려한 꽃이 피어나 봄 내내 온 동네 사람들이 꽃구경 하러 몰려와서 우리 집은 꽃 잔치를 하느라 북적였습니다만 또 한 도랑에선 향기만 짙더니 한여름 다 가고 나서야 자잘한 꽃을 피워 뒤늦게 모여든 벌떼가 성가시게 했습니다. 이듬해 나는 봄에 화려한 꽃을 피웠던 꽃씨는 이웃에게 나눠주고 또 한 도랑의 꽃씨는 향유로 기름을 짜 두었습니다. 그런데 웬일입니까, 내게 꽃씨를 받아 간 사람들 모두 이상한 피부병을 앓고 있다는 겁니다. 그 꽃씨를 심은 사람들은 피부에 꽃 같은 낭창(囊瘡)이 돋았다는 겁니다. 이상한 일이지요. 그 사람들에게 우연히 다른 도랑의 꽃씨로 짠 기름을 발랐더니 그 피부병이 씻은 듯 낫는 겁니다. 그 해 나는 상원사로 스님을 찾아갔더니 빙그레 웃으시며 우리가 살아가는 일도 가끔은 악도 복을 만나고, 선도 가끔 화를 당하는 법이라고 일러주더이다.

누구시더라

바다에서는
검푸른 목숨들이
물살을 가르며
햇살을 따라
자유롭게 헤엄치고 있습니다.
고등어입니다.
꽁치입니다.
참치입니다.
오징어입니다.
새우입니다.
아니, 고래도 됩니다.

그물을 올립니다.
햇살 아래
드러나는 목숨들이
금빛
은빛으로 파닥거립니다
그런데 그대는 누구시더라?

정선으로 가는 길

나무는 나무대로
풀잎은 풀잎대로
벼랑마다
비탈마다
짙푸르게 어우러졌네.
흐르는 물길 따라
사람의 길을 찾아
가다 보니
산이 물 속에서
하늘과 만나네.
물은 흘러가고
사람의 길은
더욱 깊어져
하늘이 잠기네.

화암경(華岩經)

높이 사는 나무들
낮게 사는 풀잎들
어우러져
푸른 절벽
바위 사이로
물 흐르더이다.
독경(讀經)을 하더이다.
그중 조용히 비껴 앉은 바위 하나가
붉은 속살을 열고
목마르고
가슴이 쓰린 자들은 모두 와서
마시라고 샘물을 흘리더이다.
아, 그렇군.
그래서 여기 와선 모든 사람들이
가슴을 쓸어 내리고
트림을 하는군요.

자재암(自在庵)

굽이굽이 길은 깊어지고
하늘에서 비가 내립니다.
비에 젖어 당도한 집은
깊고 푸르게 저물었습니다.
앞내의 물소리가
큰 소리로 내경(內徑)을 읊고 있습니다.
마침 하느님이
산으로 내려오시는 날인지
천둥과 번개 치고
폭우가 쏟아졌습니다.
자정을 지나고
새벽이 될 때까지
산이 흐느끼듯 몸부림 칩니다.
아침이 돼서야 산이
산이 안개를 안고
푸른 모습으로 다시 태어납니다.
밤새
나는 집 한 채 지었습니다.

동굴을 나서며

다시 태어나는 사람의 길을 보았습니다.
골짜기 오르다 보면 산이 물을 안고
풀과 나무들이 다투어
햇살을 빨아먹는
짙푸른 그늘에서
산이 자궁(子宮)을 열고
조용히 하늘을 맞이하고 있습니다.
폭포가 내리고
땅의 입김이 서늘하게 서려옵니다.
하늘을 숨쉬는 내공(內空)으로
고운 석순이 자라고 있습니다.
부드럽고 매끄러운 살 속
길을 따라갑니다.
마침내 지옥으로 빠지지 않고
푸른 물 위에
성모(聖母)님을 뵙고
내려와
굳건한 태반의 의자에 앉아
다시 사람으로 태어납니다.
자유의 광장이 열리고

사람의 길이 열립니다.
길을 따라 나오면
하늘에서 햇살이 밝게 쏟아집니다.

배경(背景)

우리들은 바다이고 싶었습니다.
가장 낮은 곳에서 출렁이는
파도가 되고 싶었습니다.
출렁이는 바다를
저문 하늘이
짙푸른 솔숲 너머로 보고 있습니다.
더 가거라,
너희가 머물 방을 마련해 주마.

바다는 노래였습니다.
비취 파라솔 밑에 눕기도 하고
차가운 바닷물에 땀을 씻기도 하고
솔숲에서 싱싱한 회도 맛보기도 했습니다.
출렁이는 우리의 파도를
높고 푸른 하늘이
조용히 내려다보고 계시었습니다.

우리의 배경입니다.

석탄 박물관에서

아들아, 여기 와서 아비는 잊혀진 시간을 캔다.
배고프고 어지럽던 가난한 아빠의 시대를 봐라,
조개탄과 구공탄으로 추위를 이기던 아버지들이
깜깜한 기억의 시간을 지나 막장으로 가서
귀먹고 눈먼 채 검게 굳어진
목숨을 파고 또 판단다.
갱목(坑木)을 세우고
우우 화석(化石)이 된 욕망을
검은 돌덩이로 파 올린단다.
아비의 절망은
좀처럼 불이 붙지 않지만,
한번 붙으면 끈질기게 타오르는
연옥(煉獄)이란다.
온몸을 다 태우고서 재가 된단다.
아들아, 오늘도 정과 망치를 들고 막장으로 가는
아비의 얼굴을 봐라.
도시락을 챙겨주는 네 어미의 표정을 봐라.
아비의 검은 시간이 여기 하얗게 바래 있구나.

4부 · 산으로 가는 길

가을 초대

그 분이 안거(安居)하고 계신 곳입니다.
청명(淸明).
가을 햇살이 나무와 바위를 쓰다듬고 계십니다.
맞이해 주셨습니다.
법당(法堂)의 뜰을 거닐었습니다.
묵주를 들고 탑을 돌기도 하고
뒷뜰의 탱화(撑畵)를 살피기도 했습니다.
끝내 그 분은 나오시지 않으시고
맑은 바람이 한 자락으로
오랜 적묵(寂默)을 깨고
상수리 열매 몇 개를 떨어뜨려 주십니다.
법문(法門)을 여셨군요.
말씀
감사합니다.

어떤 수화(手話)

나뭇가지가 꼭대기부터 흔들립니다.
풀잎이 서로 몸을 비빕니다.
훈훈하고
향긋하게
서늘하고
차갑게
바람이 말을 건네면
우리도 몸을 열고
느낌으로 말합니다.
오늘 우리들은
나무와 풀이 바람에 흔들리듯
그런 느낌으로
수화를 나눕니다.

산으로 가는 길

산으로 가는 길에서 나무 아래서 담배를 피워 물고 근심
스럽게 앉아 있는 사람들을 만났습니다. 왜 여기 이렇게 앉
아 있느냐고 물었더니 저 고개 넘으면 지옥의 골짜기일 거라
고 걱정들입니다. 또 가다 보니 바위에서 근심스럽게 이야기
를 나누고 있는 사람들을 만났습니다. 왜 여기 이렇게 있느
냐고 물었더니 올라가 봐도 천국이 아닐 테니까 걱정이라고
합니다. 한참을 더 가다가 이번에는 소나무 아래 무엇인가
골똘히 생각하고 있는 사람들을 만났습니다. 왜 이러고 앉아
있느냐고 물었더니 그들은 못들은 척 묵묵부답으로 앉아 있
더군요. 그냥 지나가려고 일어서니 한 사람이 같이 가자고
따라 일어서면서 얼굴에서 웃음을 놓지 않더군요. 무엇이 그
리 즐거우냐고 물었더니 그 사람 말이 진리를 찾으니 현실이
보인다 하더군요. 무슨 말이냐고 물었더니 그냥 즐겁다는 겁
니다. 그렇군요, 나는 그냥 산이 좋아 산으로 갈 뿐인데…

이불을 말리며

오늘은 가을 햇살에 이불을 말린다.
지난 여름 동안 축축했던 땀과
고된 흙먼지를 털어 내고
안팎으로 후줄근해진 이불을
푸른 하늘 아래 내어 말린다.
포근하고 따스해서
함께 누우면
스르르 쉽게 잠이 드는
때로 열이 나고 답답하다고 몸부림치며 걷어차고
때로는 춥다고 세차게 끌어당겨 안고 뒹굴기도 하는
이불, 이불 같은 사람아
구겨지면 다시 펴고
더러우면 깨끗이 빨아서
서로가 서로를 덮고 잠드는
이불, 이불 같은 사람아
포근하고 따스한 품으로
지친 몸을 감싸안고,
투정하는 몸을 달래
아침마다 새롭게 태어나게 하는
오늘은 우리 내외가 덮고 살아온 이불을 꺼내
청명한 가을 햇살에 널어 말린다.

가을 숲에서

잎새들 노랗게 붉어지는 가을 숲을 거닐다 보니 사람이 나무에게 이름표를 달아 놓았습니다. 느티나무와 소나무. 걸어가다가 또 사과나무와 우뚝한 삼나무, 돌아서 가다가 다시 참나무와 오리나무를 만납니다. 은행나무, 향나무, 모과나무도 만납니다. 모두들 하늘로 가지를 뻗고 땅에 뿌리 내리고 서서 생긴 그대로 부끄럼을 타며 가지를 바람에 흔들고 있습니다. 오늘도 사람들이 나무 사이를 걸어가며 나무에 이름을 붙이듯 서로서로 욕심쟁이, 깍쟁이, 파쇼, 만물박사, 깔끔이, 못난이라고 이름들을 부르며 나무들 사이로 난 길을 걸어갑니다. 높푸른 하늘에서 가을 햇살이 내려와서 아냐, 아냐, 하고 나무들과 사람들의 머리를 쓰다듬고 있습니다.

라자로의 새벽

어두워지는 하늘
한쪽을 떠받치고
라자로가 절뚝절뚝 걸어온다.
하나
둘
상점들에 불이 켜지고
비단 옷에 고급 가구.
기름진 음식에 향기로운 술.
라자로가 문 밖에 주저앉는다.

그는 한때 일류회사의 영업부장으로 떵떵거리며 잘 살았
다고 합니다. 사십대 중반 간경변으로 직장을 그만두고 남
보증을 잘못서서 집도 쫓겨 나게 되었답니다. 엎친 데 덮친
격으로 병자인 몸으로 병든 부모님을 모셔야만 했습니다. 그
는 죽을까 하다가 마지막으로 하느님께 매달렸답니다. 하느
님은 그에게 사람을 보내 주셨고 그의 도움으로 조그만 공장
을 시작하게 됐는데 그것이 성공하게 됐고 투자하는 것마다
몇 곱절의 이윤을 주어서 경제적으로는 성공을 거두었지만
그의 몸은 간경변에다 고혈압, 당뇨병까지 겹쳤고 나중에는
당뇨 합병증으로 눈이 안 보이게 되었답니다. 그는 이제 꼼

짝없이 죽을 수밖에 없었습니다. 그는 물 한 모금 마시지 않고 단식기도로 하느님께 매달린 지 이십 일만에 마침내 모두 정상으로 판정 받고 백내장 수술까지 받았다고 합니다.

하늘 아래
라자로가 걸어온다.
등에 검은 가방을 걸머지고
새벽을 알리는 종을 흔든다.

감옥 1
― 수족관

 수족관 속의 그는 바다 속을 헤엄치듯 날렵하게 헤엄쳐 날쌔게 먹이를 물고 솟구쳐 오른다. 몇 번이고 자유롭게 자맥질을 계속하다가 흰 거품으로 솟아오르는 산소 바람을 맞으며 바닥으로 내려와 몸을 풀고 있다. 수족관 앞에서 싱싱한 횟감을 고르는 손님과 주인이 그물망을 들고 서서 수족관 속을 손가락질하고 있다. 멀리 있는 바다가 푸른 파도로 춤추고 하늘에서 햇살이 쏟아져 내리고 있다.

감옥 2
― 동굴

　계곡을 오를수록 나무 그늘 우거지고 흐르는 물소리도 점점 잦아지네. 숲길을 오르다가 절벽 같은 바위 아래 이르니 길은 바위 속으로 숨어 들고 한 여인이 바위 아래 촛불을 켜놓고 두 손을 모아 열심히 빌고 있더군. 여인의 등 위에 높푸른 하늘이 아득히 멀고, 쏟아지는 햇살도 서서히 저무는데 여인은 꼼짝 않고 발원(發願)을 계속하더군. 겨우 그 바위를 지나 절벽 위로 오르니 늙은 소나무가 앉아 있다가 만물의 영장(靈長)이라는 사람이 어찌하여 저보다 못한 동물들의 혼(魂)에 갇혀 꼼짝 못 하는지 모르겠다고 솔잎을 흔들며 허허 웃더군.

감옥 3
― 황금

어느 날부터인가 그의 눈에는 황금이 보이기 시작했다. 사람들이 예사로 지나쳐 가는 길에서도 그의 눈길이 닿고 그가 손을 대기만 하면 황금으로 변하였다. 그는 돌을 황금으로 만들고, 주식도 곧잘 황금으로 바꾸어 비싸게 팔았다. 그는 황금으로 집을 짓고, 황금으로 빌딩을 세웠다. 그의 집과 빌딩은 밤낮없이 번쩍거렸다. 그는 황금의자에 앉아 황금의 만년필을 썼고, 황금 식탁에서 황금 수저로 밥을 먹고, 황금 침실에서 자고, 황금의 모자를 쓰고 황금 차를 탔다. 그에게는 점차 하늘도 황금, 나무도 풀도, 꽃도 새도 모두 황금으로 보였다. 그러고 보니 그가 먹는 밥도 그가 싸는 똥도 황금으로 변하더니 결국은 그의 몸도 황금으로 굳어졌다. 몇 해 후에 황금으로 도금된 흙 한 무더기가 쓰레기 하치장으로 실려 갔다.

감옥 4
— 뜰

대나무 한 그루를 심었다.
향나무 한 그루를 심었다.
매화 살구도 심고 심었다.
해마다 꽃나무며 과일나무며
나무란 나무는 심고 심었다.
나무들이 뒤엉켜 자라는
뜰엔
무성한 잎과 가지들이 하늘을 가려
그늘지고 음습했다.
뿌리들 뒤엉켜 깊이깊이 땅속을 파고들고
뿌리는 뿌리끼리 얽히고 설켜서
땅 밑은 치열한 생존경쟁이다.

사람들은 그 뜰을 나무들의 천국이라 하지만
나무들은 그 곳이 감옥이다.

감옥 5
— 비

창 밖으로 비가 내린다.
하늘에서 내리시는 씨줄을
몸으로 받아 안고
가슴을 열고
중얼중얼 날줄을 풀어낸다.
젖어드는 어둠이 오고,
검은 커튼처럼 어둠이 오고
커튼이 펄럭이는 바람이 불고,
바람 소리에 뒤척인다.
아리게 젖어드는
신경의 마디마디
상처가 비린내를 풍기고
추억이 문신처럼 박힌다.
하늘에서 내리시는
비에 흥건히 젖어드는
목숨 하나 빗속에 묶여 있다.
빗줄기마다
서러운 생애를 촘촘히 못박는다.

감옥 6
— 새장

이제 그만 풀어주리라.
문을 열었다.
 새들은 새장에서 고개를 갸웃거리다가 문을 나와 집안을
한바퀴를 돌았다. 신나게 지저귀면서 돌았다. 무슨 말인지
저희들끼리 한참을 주고받다가 하늘을 향해 날아갔다. 그래,
자유다. 자유다. 그날 밤 나는 하늘을 향해 날아가는 새의 꿈
을 꿨다. 파란 하늘에서 새들은 날다가 다시 숲으로 내려와
서 모이를 쪼아먹고 부리를 씻으며 저희들끼리 사랑을 나누
는 꿈을 꿨다. 다음날 새벽 잠자리에서 나는 어제와 같이 지
저귀는 새소리를 들었다. 일어나 새장을 보니 새들이 돌아와
있었다. 새들은 다시 돌아와 새장에서 아침을 지저귀고 있
다. 물을 먹고 모이를 쪼고 있다. 다음날도 다음날도 새들은
열린 문을 통해 잠시 외출했다가 돌아와 새장을 떠나지 않았
다. 새들은 새장이 제 고향인 줄 알고 여기 갇혀 살고 있다.

다시 정선에서

산봉우리는 봉우리끼리 하늘 아래 다소곳 머리 숙이고, 물소리 잦아드는 계곡으로 일찍이 찾아드는 가을 햇살을 받잡고, 나무들은 나무로 서서 잎새를 노랗게 붉게 물들이고, 바위는 바위대로 몸을 말리며 잦아드는 물소리로 가을걷이를 합니다. 일용할 양식을 거두는 사람의 집집마다 소슬바람에 잎새 떨어지고 두런두런 말씀의 씨알을 부지런히 담아 저희에게 잘못한 이를 저희가 사랑하오니 저희 사랑을 용서하시어 밥을 주시고 긴 밤을 따스하게 하시어 사랑을 나누며 잠들게 하시고, 우리를 어둠에 빠지지 않게 별 총총 빛내 주시어 오늘도 아우라지, 아우라지 물안개로 그리움 피워 올리는 강물 흐릅니다.

태원사(泰元寺) 가는 길

　그에게 태원사(泰元寺)를 찾아가는 길이라 했더니 다 버리고 나를 따라 오라고 하며 앞서갑니다. 나는 그를 따라 갔지만 길은 가파르고 점점 좁아지더니 아예 보이질 않습니다. 어디가 길이냐고 소리쳐 물었습니다만 그는 성큼성큼 앞서 가더니 아득히 멀어졌습니다. 드디어 홀로 더 갈 수 없어 낙심하고 주저앉아 밤을 떨며 지새우는데 새벽 무렵 그가 와서 왜 다 버리고 오라고 일렀는데 그 무거운 짐을 지고 오느냐고 꾸짖었습니다. 네 짐을 지고는 더는 갈 수 없다고 돌아서는 그를 맨몸으로 따라가니 문득 하늘에서 아침 햇살이 눈부시게 내려옵니다. 아, 산봉우리가 보입니다. 허위허위 올라가보니 봉우리마다 아침 햇살 자욱히 받아 안고 온 산이 눈부신 안개 속에 누웠습니다. 여기가 태원사(泰元寺)입니까? 그는 없고 아침 햇살만 밝게 쏟아집니다. 그를 찾아 두리번거리다가 바위에 앉으니 곁에 서 있던 소나무가 빙그레 웃으며 태원사는 아무데도 없고 오직 네 마음 속에 있다고 일러줍니다.

비봉(飛峰)

비봉(飛峰)을 찾아간다. 사람들을 벗어나서 나무들과 풀잎이 어우러진 산길로 간다. 그래, 이렇게 주변을 바꾸는 거야. 가다보니 길은 가파르고 험하다. 어허, 이 길이 아닌가? 그렇지, 길을 바꾸는 거야, 이렇게 법(法)을 바꾸는 거야. 가다 보니 낭떠러지, 아니, 이정표(里程標)가 잘못됐군. 리더를 바꾸는 거야, 가도가도 길은 보이지 않고, 깊어지는 계곡으로 어둠이 오네. 바위에 주저앉아 비봉(飛峰)이 어디냐고 물었더니 곁에 서있던 소나무가 그대 삶의 중심이 어디에 있는지 깨닫는 거기가 바로 비봉(飛峰)이라 일러주더군.

청소(淸掃)

그대 마음 속 깊은 방
창문을 열고
햇살처럼 오시는
그 분을 맞이하게.
그대 마음 속 깊은 방
어둠을
그 분이 지워주네.
방이 너무 누추하다고
방이 냄새 난다고
문을 닫고 있으면
그대 방엔 곰팡이만 살리니
어서 문을 활짝 열고
맞이하시게
그 분 오셔서
그대 어둠 씻어내거든
어지럽던 그대의 방
그때 말끔히 청소해도 좋으리.

개심사(開心寺)

일주문(一柱門) 앞 은행나무가 노란 잎새를 모두 떨구고
알몸으로 서서 바람에 휘어지는 가지 하나로 나를 세차게 내
려치더군요.

애야, 세상의 것을 포기하는 것이 아니라 흘러가는 것을
흘러가도록 그대로 놓아두거라. 가난을 좋아하는 사람이 어
디 있겠느냐. 마음을 비우거라. 다 던져버리고 빈 마음의 방
에다 사랑의 불을 밝혀라. 나는 네게 극기(克己)를 말하는
게 아니라 있는 그대로를 사색하라고 이르는 것이다. 사랑이
란 특별한 게 아니라 생명의 리듬을 따라 조화롭게 호흡하며
사는 것이다. 그걸 알아야 네 안에 자유가 찾아오느니라. 사
랑에는 용기가 필요하다. 내가 네 발을 씻어 주듯이 너도 그
의 발을 씻어 주거라.

은행잎들이 계속해서 노랗게 떨어집니다. 바람이 햇살을
비웃듯 가지를 흔드는 어지러운 가을입니다.

5부 · 백지 노트

따스한 입김

얼어서
각(角)이 지고
모난
시간을
따스하게 녹이시네
온 누리 골짝마다 깊이깊이
햇살처럼 스미는 입김
얼음이 녹아서
맑게 흐르는 물에
푸르게 돋는 잎새
온 누리에 번져
꽃이 피고
열매 맺는
은총(恩寵)
과육(果肉)이 익어 가는
오늘 서울의 변두리에 불어오는 찬바람에도
향기 향긋하게 전해져 옵니다.

통일 소

소가 길을 뚫는다.
순명(順命)의 눈망울로
어둠을 밝히고
오늘 아침 분계선을 넘는다.
중절모를 쓰고 그 사람도 넘어간다.
아, 생각하기 따라
저리도 수월하게 가고 오는 건데
저게 사는 건데
순리(順理)를 모르고
얼마나 피를 흘렸나
주검으로 벽을 쌓고
하늘마저 막힌 줄 알던
길을
그 사람이 부축을 받으며 넘는다.
묵묵히 운명에 순종하는
소가 먼저 가고
그가 소를 따라 고향 길을 찾아간다.

가을산

청명(淸明)하다.
하느님의 입김
스미는 골짜기
부끄럼을 아는
나무들이
붉게
노랗게
부끄럼을 타고 있다.

봉우리
엎드린 바위
굳어진 침묵으로 뻗어 내려
비탈진 가슴
깊고
깊은 목숨들이
골짝골짝마다
부끄럽다고
부끄럽다고
풋내 나는 낱말들을 내려놓고 있다.
천천히 또 한 세월을 껴입고 있다.

어느 화법(話法)

그가 왔다.
하늘이 조형적으로 채색되는
그의 눈빛으로
내가 녹고 있다.
눈물처럼
아니, 핏물처럼
녹아서 따스한
반투명의 양수(羊水)
웅웅거리는 소리에서
귀가 트이고
비로소 따라하는 모음(母音)
입술이 열린다.
김치 냄새가 풍겨온다.
그와 내가 정담(情談)을 나누고 있다.

백지 노트

한 사내가 백지 노트를 한 권 놓고 갔다. 십 년간 시를 써
왔는데 시집 한 권 묶고 싶다고 한다. 그 백지 노트를 무심히
넘겨보았다. 하얀 백지 위엔 글자는 하나 없고 빗방울 자국
들이 흐릿하게 얼룩져 있다. 이게 뭐일까? 그 노트는 며칠동
안 내 책상 위에 놓여 있었다. 어느 날 밤, 목이 말라 깨어났
다. 어디선가 야릇한 향내가 솔솔 불어온다. 향내에 이끌려
가다보니 책상 위에 그 백지 노트가 환하게 빛을 발하고 있
는 게 아닌가. 얼른 집어보니 얼룩진 빗방울들이 모두 수정
같이 반짝이고 있다. 저마다 신비한 향기를 피워내고 있다.
아, 이게 바로 살아 있는 말이구나. 이게 바로 시(詩)라는 것
이로구나.

사월 하순

말씀의 절을 찾아가는 길
자욱히 내리는 봄 햇살을 받고
벚나무가 먼저 꽃잎을 하얗게 떨궈 놓았네.
길을 막고 앉아 있는 바위를 만나
땀을 씻으니
바위 속을 흘러가는
은은한 물소리에
파란 하늘이 내려와
떨어진 꽃잎들 하나 하나 읽고
조용히 책장을 넘기듯
물을 아래로 흐리네.
아, 뼈 속까지 사려오네.

덕적도

불쑥 발가락을 무는 꽃게 한 마리 만난다.

등이 검고 손마디 억센 한 사내가 부두로 와서 인사를 튼다. 그는 바다 속 바위 밑에 집을 마련하듯 비조봉(鼻祖峰) 산기슭에 집을 짓고 사는 해군 UDT 출신이라고 했다. 바다 속 푸른 이불 밑을 기어 나오면 언제나 하늘에서 눈부신 햇살이 내려 바다가 파랗게 출렁이기에 그도 이웃 굴업도, 백아도, 울도에서 나온 형제들과 바다 밑에서 뛰놀다가 왔다고 한다. 하지만 요즘엔 많이 쓸쓸하다고 한다. 우럭, 쭈꾸미, 조기, 해삼 같은 친구들이 굴업도에 핵폐기물 저장고가 생긴다고 데모하다가 모두 섬을 떠나갔기 때문이란다.

꽃게도 바다 속으로 자러 간 밤
비조봉 봉우리엔 환한 달만 걸렸다.

입맛

이보게,
젊어서 한때 뻣뻣한 풋내
순을 죽이고
서로
서로 어울려
양념으로 얼버무리고
한 통 속에 묻혀서
한숨 자고 나면
이렇게 너도나도 익어 가는
아서, 깝치지 말아
사람의 한 생애가 간에 젖어
삭으면서 사랑으로 익어 가는
이게 나이 들어 맛보는
새큼하고 짭짤한 입맛이라는 거야.

짙푸른 강

머언 머언 하늘에서
금빛 은빛 햇살이 내려오시어
조용히 엎드린 땅
땅 위에 목숨들을 쓰다듬으십니다.
알겠습니다.
알겠습니다.
지난 세기는 고난으로 시작되었습니다.
푸른 강물이 잦아들고
사막으로 드러나는 붉은 땅
여기저기 묻힌 화석의 피를 뽑아
하늘을 날며
가진 자가 더 갖기 위해
서로서로 땅 뺏기에 정신이 없었고
정의의 이름으로 증오의 총칼을 휘둘러
아직도 우리는 두터운 분단의 벽에 막혀
살고 있지만
알게 하소서
알게 하소서
나무는 나무대로
풀잎은 풀잎대로

어우러져 서로 서로 사랑하며 살아가는
물로 이 땅을 적셔
흐르는 강물로
사랑하며 사는 길을 온전히 깨달아
노래하는 자유를 허락하소서.
비, 구름, 바람을
노래하는
짙푸른 강물 다시 흐릅니다.

서귀포 화법(話法)
― 韓箕八 詩人에게

바다

바다는 하루에 일곱 번 표정을 바꾸지
표정이 바뀔 때마다 색깔이 달라져
저 바다의 표정을 읽어봐.
한 이십 년 전쯤이야.
유배의 땅에서 막 깨어나던 그때
제주 섬을 찾은 내게
그 분은 바다 화법을 알려 주셨어.
아름답고
서러운 연인(戀人)같은
바다의 몸짓
읽는 법을
서귀포(西歸浦) 작은 포구에
홀로 깨어 있던 가로등 불빛처럼
그 분은 서럽고도 다정한 목소리로 내게 일러 주셨어.

하늘

앞마당에 장대하나 꽂아 놓고 하늘을 읽고 있지.
그 분을 두 번째로 찾았을 때
그 분은 하늘 화법을 일러 주셨어.
하늘에서 내리는
햇살을
마당에 모아
손으로
말씀을 쓰고
반투명의
귤 향기를 내게 전해 주셨어.

불씨

이 땅 끝에 사는 일은
고운 불씨 하나
품고 사는 거라 하더군.
세 번째로 그 분을 만났을 때
그 분은 이 땅 끝에

집 짓고 사는 일은
고운 불씨 품어
꺼뜨리지 않고
사는 법을 일러 주셨어.
바람이 세차게 부는 잔디밭이었어.

물소리

정방폭포 물 떨어지는 소리를 듣고 살지.
네 번째로 그 분을 만났을 때는
산다는 건 저 한라산 꼭대기에서부터
흘러 내려와
정방폭포에 걸리며 떨어지는
물소리를 듣는 거라고 하시더군.
죽음은
물 떨어져
바다로 가는 거라고 해서
밤새 물 떨어지는 소리를 들었어.

욕법(欲法)

발가벗고 뼈 속까지 씻는 거야.
다섯 번째로 그 분을 만났을 때
시(詩)는 발가벗고
첨벙 몸을 던져
뼈 속까지 시리게 씻는 거라고 하시더군.
천 길 땅속에서 솟는 물에
육신을 깨우쳐
정신을 일으키고
바닷가로 나와 남루(襤樓)를 가리는 거라고
돈내코 계곡 물에 발을 적시며
솟아나는 물소리로 조심스레 이르시더군.

가을강

햇살은 쏟아져 내리고
강물은 하얗게 재잘거리네.
바람이 불고
재재재
주머니 속에 휴대폰이 울리네
-자기, 지금 어디야?
-응, 내일 돌아갈 거야.
오늘을 같이 흘러가는 사람들과
반짝이는 물 비늘로 정담을 나누다가
문득 먼 데서 온 전화를 받는
저 사람
그리고 이 사람
직사각형으로 뜨는 사이버의 하늘에
전자파로 맺어지는
인연들
출렁이는 강물 아래
잉어 한 마리 놀고
잎새 떨어져 흘러가는
가을 강에
한 생애가 너무 가볍게 흐르는구나.

정다운 풍경

부여(夫餘)에 가니 그 분들이 계시더라

부소산 자락에 푸른 하늘을 날아오르는 새를 꿈꾸며 앉아
계시고 산자락을 안고 서럽게 흐르는 금강 물소리를 안고 앉
아 계시고

돌아앉은 산모롱이에 울음이 타는 가을 강물을 보며 앉아
계시더라.

그 분들은 앞서거니 뒤서거니 살다 갔지만

벼랑에 떨어지는 꽃잎을 보며 하늘을 나는 새가 되고

껍데기는 가라고 몸부림치는 강울음 안은 강 돌이 되고

남의 산 한 모퉁이에 한스런 강울음 소릴 듣고 계시지만

모두 한 시대를 같이 흘러온 삼십 년 지기

서로 서로 정다운 풍경일세.

비의 뿌리

봄 산 가득히 비가 내렸다.
나무들이 비를 맞으며 춤을 춘다.
먼저 피어났던 벚꽃이 비에 젖으며
꽃잎을 떨궜다.
하얗다.
꽃잎
꽃잎들의 세상을 가만히 보니
땅에서는 개미가 꽃잎을 이고 기어간다.
가느다란 길이 생긴다.
길이 생긴다.
어딘지 모르지만
길 끝에
하늘에서 내리는
물 소리 들린다.

6부 · 자정으로 가는 길

하늘 한 자락 흔들리고

하늘 한 자락 흔들리더니 화두(話頭) 하나 던져 주시네. 그 화두(話頭)를 받잡고 나도 흐르는 물소리를 따라 낱말을 흘려보냈네. 물소리를 따라가다 보니 어느새 이야기 한 구비를 돌아가네. 산다는 게 이런 것이려니 하고 하늘을 보며 쓸쓸하게 웃었더니 가가가(呵呵呵), 소소소(笑笑笑), 갈갈갈(喝喝喝), 바람 불어와 온 산이 물 속에서 빠져 흔들리네.

망원동

흐르다보니 예까지 왔구나.
바라보니 건너편에 섬 하나 떠 있구나.
다시 보니 연분홍 꽃 한 송이 흔들리는구나
엎드려 곁을 보니 난지도 쓰레기 산에도
풀이 돋아 파랗구나.
나무가 사는구나.
수해지구로 길이 뚫려
자유, 자유로(自由路)가 됐구나.
자유로 가는 길에
불빛 하나 깜박이고
쉰 목소리의 사회학과
약삭빠른 경제학이
목소리를 높이는
흐린 강물이 흐르고
여의도를 건너
압구정동 아래
망원동(望遠洞)이구나.

울릉도 미사 1

주님의 영토는
검푸른 바다들로 출렁입니다
우리는 바람으로 밀려온 목숨입니다
우뚝
성인봉(聖人峰)으로 앉아 계십니다
그 품 속에
전나무, 솔송나무, 너도밤나무, 싸리나무도
절벽마다 위태로운 삶입니다만
억겁을 다스려 오신
숨결
골짝마다 바위마다
자욱한 안개
미사포를 두르고
고개 숙이었습니다
얼굴마다 그리움이
이슬로 젖어들어
경건히 두 손 모아
평화를 주소서
기도를 들어주소서
안개 피어오르는
하늘에서
햇살 가득히 내려옵니다.

울릉도 미사 2

깊고 푸른 침묵입니다
파도 밀려와 하얗게 바스러지는
모르겠습니다
바람 소리, 파도 소리뿐
말씀 하나 얻기 위해
낚싯대를 드리우고 앉았습니다
아, 입질입니다.
말씀을 주시는군요
예, 알겠습니다
은빛으로 번쩍이는 몸을 보여 주십니다
알겠습니다
알겠습니다
온몸으로 전해지는 기쁨
몇 마디는 물에 담그고
몇 마디는 잘게잘게 썰어
싱싱한 그대로 맛봤습니다
풋풋하게 전해오는 기쁨입니다
바위에 앉아
일용할 양식으로 주시는 말씀에
우리는 감사로
취했습니다.

자정으로 가는 길
― 병린에게

'나 이제 떠난다'
가늘게 흐느끼는 목소리
툭 하고 전화가 끊어진다.
가볍게 멀어져 가는
이승에서의 인연
담배 연기처럼
허공으로 사라지고
한 사람의 생애가 멀어져 가는
지상에는 안개비 자욱히 내려
길이 젖는다.
그대가 가는 자정 너머로
나는 자꾸 젖어드는 차창을 닦으며 간다.
지상에는 우두커니 못 박혀 있는
삶들이 불을 켜고 서 있고
안개비는 내려
다시 흐려지는 길은
길게
하늘과 맞닿았구나.

돌연변이

늘 땅 밑에 뿌리를 두고
흐르는 물을 빨고
햇살이 이르는 말씀을
잎새로 알아듣고
꽃피워
열매를 얻는 나무인 줄 알았더니
간밤에 무슨 바람이 불었는지
푸른 잎새는 시퍼렇게 멍들고
가지마다 붉은 가시가 돋아
피어나는 꽃마다 독을 품어
벌, 나비 죽이더니
열매마다
돌덩이가 된
저 나무는 무슨 나무인가.

어떤 물소리

쉰내 나는
인생들이
동심(童心)에 젖어
고향 땅
힘 빠진 흙에서
시들한 삶을 살아온
서러움에 취해
노래 부르네.

이 산 골짜기에서
멍멍거리며
떨어지는
물은
왜 이리 뿌옇더냐
후줄근해진 첫사랑
손목을 잡고
부르는 이 노래는
왜 이리 서럽더냐.

청옥(靑玉)반지

그대에게 주려고 이 세상에서 가장 깊다는 마리나 해협의
빛깔을 닮은 靑玉반지 하나 사들고 돌아왔더니 그날 밤 꿈에
청옥빛 그 반지가 왈칵 울음을 터뜨리며 하얀 거품을 뿜으며
새도록 흐느꼈네. 새벽녘이 돼서야 다시 반짝거리며 이 세상
에서 가장 아름다운 건 가장 큰 슬픔이라고 속삭이네. 가만
히 들여다보니 간밤에 별 하나가 반지에 박혀 靑玉으로 반짝
거리네.

'길 위'에서 완성하는 삶의 깊이

유 성 호
(문학평론가 · 서남대 국문과 교수)

1.

　한광구(韓光九) 시인은 1974년 《심상》으로 등단하여 첫시집 『이 땅에 비오는 날은』(1979)을 상재한 이래 그 동안 『찾아가는 자의 노래』, 『상처를 위하여』, 『꿈꾸는 물』, 『서울 처용』, 『깊고 푸른 중심』 등의 시집을 펴낸 바 있다. 이번에 출간하는 신작시집 『산으로 가는 문』은 그가 중년의 언덕을 넘어서면서 힘겹게 치러낸 체험과 사색의 결실이자, 30년 가까운 시력(詩歷)을 통해 일관되게 추구해온 어떤 정신적 높이를 담아낸 세계이다. 모두 여섯 부로 구성된 정제된 시편들 속에는 그 동안 그가 치러왔던 젊은 날의 열정이 저류(底流)로 숨어 흐르고 있으며, 그와 같은 잠행(潛行)을 통해 시인은 일정한 정신적 깨달음의 경지로 나아가는 세계를 보여주고 있다.

먼저 한광구 시인이 이번 시집을 통해 던지고 있는 일관된 화두는 '길'이라는 인생론적 은유이다. 물론 이는 시집 제목에서부터 강하게 암시되는 것이지만, 시인은 이처럼 시종 '길'이라는 이미지를 통해 삶과 그것의 이치를 노래하고 있는 것이다. "3월로 가는 길"(「삼월로 가다」)로부터 시작된 시집이 "흐르다보니 예까지 왔구나"(「망원동」)라는 대목으로 매듭을 짓고 있으니, 사실상 전체 시편들이 모두 '길 위'에서 착상되고 씌어진 모습을 취하고 있다.

또 하나 시인이 기대고 있는 중요한 하나의 축은 그가 '자연'을 주된 시적 표상으로, 그리고 자신의 관념을 가탁(假托)하는 상관물로 일관되게 상정하고 있다는 것이다. 이는 그의 시적 공간이 '자연'이라는 뜻도 되지만, 이 문명 사회의 극점에서 '자연'이라는 물상의 세계가 함의하고 있는 가치들 이를테면 생명성, 신성성, 시원성 같은 것을 이 시인이 적극적으로 옹호하고 있다는 것을 의미하기도 한다.

이렇듯 '길 위'에서 체득해가는 인생론적 깨달음을 '자연'으로부터 길어올리고 '자연'에 다시 투사하는 방법, 그것이 이번 시집을 통해 한광구 시인이 보여주고 있는 핵심적인 시작법이자 시적 동력이라고 할 수 있다.

2.

사실 인간의 삶을 '길'에 빗대는 수사적 관행은 서정시의 역사와 그 연원을 같이 한다고 할 수 있을 정도로 낡고 오래된 것이다. 그런데 한광구 시인은 이 익숙한 '길'의 은유를 '가다'라는 진행형의 동사(動詞)와 함께 주된 시적 탐구의 대상으로 천착하고 있고, 시집의 가장 중요한 구성요인으로 간단없이 살려내고 있다. 그렇기 때문에 시인이 만약 '길'의 범주를 '도(道)'라는 형이상학이나 'my way' 같은 낯익은 비유로 한정했다면 그 같은 시적 기획은 참으로 진부해졌을 것이다. 그러나 한광구 시인은 '길' 자체에 비유적 의미를 부여하는 대신, '길 위'를 걸으면서 마주치는 것들을 통해 삶의 이법(理法)을 읽어내고 거기에 정신적 고갱이를 다시 투사하는 작법을 일관되게 보임으로써 그 상투성과 진부함에서 자신의 착상을 구해내고 있다. 그래서 시인에게 '길'은 개인적 삶과 우주적 비의(秘儀)를 동시에 탐색하는 시적 현장이 되고 있는 것이다.

      허위허위 땀에 젖어 오르는 길
      한 구비에 다다르니
      욕계(欲界)의 힘찬 뿌리 우뚝 서 있다가
      짐짓, 오른쪽으로 길을 내어주더구려.
      그 길 따라 다시 숨가쁘게 올라가니
      늘 가슴 속에 붉은 안개를 품고 사는

자운(紫雲)이 빙긋이 맞아 주시더구려.

잠시 땀을 닦고 앉아 있었더니

슬며시 보여주시는 옆길

소나무 몇 그루 서 있고

간밤에 별들이 내려와 놀고 갔다는 자리에

흰 눈썹을 흩날리고 그 분이 앉아 계시더군.

길을 열어 주십시오.

묵묵부답(默默不答)인 그 분

아래로

엎드린 능선들이 아득히 뻗쳐 있구려.

　　　　　　　　　　　　—「신선대(神仙臺)」전문

　"욕계(欲界)의 힘찬 뿌리"가 내주는 "오른쪽 길"을 따라 시
인은 숨가쁘게 올라간다. 거기서 시인은 "늘 가슴속에 붉은
안개를 품고 사는 / 자운(紫雲)"과 마주친다. 이 대목에서 무
슨 교훈 같은 게 나올 법한데, 한광구 시인은 "잠시 땀을 닦고
앉아 있었더니 / 슬며시 보여주시는 옆길 / 소나무 몇 그루 서
있고 / 간밤에 별들이 내려와 놀고 갔다는 자리에 / 흰 눈썹을
흩날리고 그분이 앉아 계시더군."하고 짐짓 너스레를 보이며,
침묵으로 가르치고 있는 '자연'의 엄청난 무게와 깊이를 보여
주고 있을 뿐이다. 이처럼 시인은 '말하지' 않고 '보여주는'
데 시의 무게중심을 할애한다. 그래서 "묵묵부답(默默不答)인
그 분 / 아래로 / 엎드린 능선들이 아득히 뻗쳐 있"는 모습에

서 아득한 삶의 깊이를 마주하고 있는 것이다.

이처럼 시인의 심미적 체험을 담은 시적 표상물로서의 '자연'은 시인이 그를 통해 삶을 치유하려는 상상력에서 발원되고 펼쳐지고 완성된다. 물론 그것이 일정 부분 알레고리적 교훈의 외피를 입고 나타난다고는 해도, 그것은 범속한 사회역사적 상상력의 차원으로 떨어지거나 평균적인 생태시편의 외양을 띠지 않는다는 데 특장을 보이고 있다. 다시 말하면 그는 서정적 직관을 통해 심미적 '자연'을 재현하되, 거기서 매우 우주적이고 보편적인 삶의 의미와 가치를 읽고 있는 것이다.

그런데 그러한 지평에 이르는 '길'에는 위의 시처럼 '위로 가는 길'만 있는 것이 아니라 '옆길'도 있고, '사람이 하늘로 가는 길', '고갯길', '바윗길', '비탈길', '그대를 찾아가는 길', '작은 길', '깊숙한 길' 등 그야말로 다기(多岐)한 길이 있다. 우리를 에워싸고 있는 사물들이 사실은 모두 '도(道)'의 현현이고 불성(佛性)의 발현이며 신성(神聖)의 담지자임을 이 시인은 알고 있는 것이다. 그래서 시인은 '자연' 속에 편재(遍在)하는 생명력과 신성에 공감과 긍정을 둔 화해 지향의 상상력을 선보이고 있는 것이다. 서정시라는 것이 "객관적인 실재나 이것을 구체적으로 묘사하는 것이 아니라 외적인 것이 마음 속에서 일으키는 반향과 그것에 의해 일어나는 정조, 그리고 이러한 환경 속에서의 자각적인 감정"(헤겔)을 그리는 것이라는 견해에 비추어볼 때, 그는 전형적인 서정시인인 셈이다.

이러한 시인의 깨달음이 우의적(寓意的) 서사 속에 나타난 작품이 다음 시편이다.

　　산으로 가는 길에서 나무 아래서 담배를 피워 물고 근심스럽게 앉아 있는 사람들을 만났습니다. 왜 여기 이렇게 앉아 있느냐고 물었더니 저 고개 넘으면 지옥의 골짜기일 거라고 걱정들입니다. 또 가다 보니 바위에서 근심스럽게 이야기를 나누고 있는 사람들을 만났습니다. 왜 여기 이렇게 있느냐고 물었더니 올라가 봐도 천국이 아닐 테니까 걱정이라고 합니다. 한참을 더 가다가 이번에는 소나무 아래 무엇인가 골똘히 생각하고 있는 사람들을 만났습니다. 왜 이러고 앉아 있느냐고 물었더니 그들은 못들은 척 묵묵부답으로 앉아 있더군요. 그냥 지나가려고 일어서니 한 사람이 같이 가자고 따라 일어서면서 얼굴에서 웃음을 놓지 않더군요. 무엇이 그리 즐거우냐고 물었더니 그 사람 말이 진리를 찾으니 현실이 보인다 하더군요. 무슨 말이냐고 물었더니 그냥 즐겁다는 겁니다. 그렇군요, 나는 그냥 산이 좋아 산으로 갈 뿐인데…
　　　　　　　　　　　　　　　　　　—「산으로 가는 길」 전문

　이 작품의 내적 주제는 그가 찾는 '산'이 무엇에 대한 비유가 아니라 그냥 '산'이라는 것이다. 비교적 무거운 "지옥의 골짜기 / 근심 / 천국 / 진리 / 현실" 등의 문맥을 떠나 "그냥 산이 좋아 산으로 갈 뿐"이라는 시인의 체관(諦觀)은 그래서 매우 소박한 것이지만, 그 안에는 그가 '자연'을 관념의 매개로 삼지 않겠다는 고집스런 의지가 담겨 있는 것이다. 원래 '비유'란 깨달음에 이른 성현들의 말법인데, 한광구 시인이 이르는 깨달음의 경로는 그러한 비유가 아니라 '자연'이 주는 서정적 직관에서 오는 것이다. 이는 매우 중요한 한광구 시인의 시적 포인트인데, 말하자면 그는 생경한 관념으로 '말하지' 않고, 자연의 이법을 그대로 '보여주는' 시인인 것이다. 그러니 그는 당당하게 "여섯 살의 눈으로 바라보는 숲은 경이로웠네. / 말씀의 숲은 신비로웠네."(「벌」)라며, 결국 자연이 "법문(法門)을 여"(「가을 초대」)는 광경을 노래할 수 있는 것이다.

인간적 욕망의 허망함을 "황금으로 도금된 흙 한 무더기"(「감옥·3 - 황금」)로 비유하며 비판한다든가, 「감옥」 연작 여섯 편을 통해 역설의 시적 수사학을 구축하는 일도 시인의 이러한 자신감 있는 삶의 태도에서 발원되는 것이다. 그렇기 때문에 시인은 자신의 삶에 대하여 가차없이 죽비로 내리치는 일(「개심사」)을 내적으로 긍정할 수 있는 것이다.

결국 한광구 시인이 중요시하는 것은, '자연' 속에서 숨쉬고 있는 항심(恒心)의 가치들을 통해, 이 물신화되고 폭력적인 세계를 견디는 방법의 탐구에서 오는 것이다. 이미 첫시집에서부터 "이보게, 귀를 기울인다고 아무나 듣는게 아닐세. / 버리고 가는 자는 듣지 못하네. / 발길에 채이는 돌멩이 하나라도 / 아닐세, 아닐세 / 사랑하는 法이라네, 사랑하는."(「사랑하는 法」)이라고 노래한 바 있는 그는, 말하자면 자연의 '침묵의 소리(sound of silence)'를 들을 줄 아는 영혼을 통해 이러한 견딤이 가능하다고 믿고 있는 것이다. 그래서 그는 "간밤에도 오리나무 하나가 / 십리 밖에서부터 몰려오는 / 겨울 바람소리로 / 뼈를 세워 일기를 쓰고 있었다. / 낱말들이 하얗게 얼어붙었다. / 쨍하는 비명을 행간에 묻고 있었다." (「삼월로 가다」) 같은 빼어난 묘사를 통해 '자연'이 이러한 '귀'를 가진 사람과만 대화를 나눈다는 사실을 감득하고 있는 것이다.

"솔 향기 짙은 묵주를 굴리며 눈이 녹아 흐르는 계곡으로 엉킨 인연을 풀어내며 푸르러지는 산허리를 굽어보시며 눈처럼 하얗게 살아 계신"(「설천봉」) 고사목이나 "하늘 아래 / 앉은 바위 / 머리 위에 흰 구름 / 발 아래 깊은 우물 / 중생(衆生)들 모여와 / 목을 축이는 걸 / 햇살 같은 미소로 바라보며 / 중년 보살과 농담을 나눕니다. / 곁에서 서 있는 소나무 / 한 동자(童子)가 / 산새소리를 들으며 놀고 있는"(「숨은 부처」) 광경 또한 그러한 '귀'를 가진 이에게만 보이는 것인데, 이는 모두 시인의 정신이 추구하는 고고한 고산식물(高山植物)의 경지를 노래하는 상관물들이다. 그러나 시인은 '길 위'를 걷다가 발견해내는 깨달음을 손쉬운 탈속이나 초월을 바꾸지 않는다. 오히려 그는, 그것을 생명의 원형성이 숨쉬는 형상으로 탈바꿈시키면서 삶의 불가측한 깊이를 노래하고 있는 것이다. 그래서 이 시인은 자신의 시 안에서 절대자의 은총(「따스한 입김」, 「가을산」 등)과 인간의 깨달음을 공존(「아름다운 구걸」)시킬 수 있는 것이다.

> 나무는 나무대로
> 풀잎은 풀잎대로
> 벼랑마다
> 비탈마다
> 짙푸르게 어우러졌네.
> 흐르는 물길 따라
> 사람의 길을 찾아
> 가다 보니
> 산이 물 속에서
> 하늘과 만나네.
> 물은 흘러가고
> 사람의 길은
> 더욱 깊어져
> 하늘이 잠기네.
>
> —「정선으로 가는 길」 전문

이 작품이 노래하고 있는 것은 "나무는 나무대로 / 풀잎은 풀잎대로"의 세계, 곧 '스스로'「自」 '그러한'「然」 것들의 세계이다. 이는 "흐르는 물길 따라 / 사람의 길을 찾아 / 가다보니" 발견하게 되는 "사람의 길은 / 더욱 깊어져 / 하늘이 잠기네."라는 자연스러운 삶의 원리와 연관된다. 그것은 또한 "주말이면 우리들은 북한산 사기막으로 가는 길을 걸어가지요."
(「사기막 가는 길」)라며 늘 '길 위'를 걷고 있는 한광구 시인
이 거기서 보게 되는 것은 다름아닌 "하늘을 이고 앉은 색즉
시공(色卽是空), 공즉시색(空卽是色)의 물상(物象)들"이다.

또한 말의 성찬을 비판하고 침묵의 가치를 드높이는 「어느
저울」 같은 작품은, 그가 침묵 속에서 시의 참 가치를 여전히
찾고 있음을 말해주고 있다(「백지노트」). 그 침묵의 시학이
그의 시가 현저하게 인생론적으로 기우는 것을 막아주면서 그
의 시를 비의로 감싸고 있는 것이다.

3.

이번 시집에서 한광구 시인이 자신의 중년을 갈무리하려
한 욕망의 원천은 '삶'의 자연스러움에 있다. 이때 자연스러
움이란 운명과 실존의 근거에 자신의 삶을 맞추는 순리의 삶
이기도 하지만, 바로 '자연'의 생리와 기율에 좀 더 가깝게 닿
으려는 시인의 디오니소스적 욕망이 표현된 것이기도 하다.
다시 말하면 "바로 이런 게 세족례(洗足禮)라고 넌지시 일러
주는"(「초승달」) '자연'으로 화(化)하려는 시인의 근원적 원
망(願望)이 담겨 있는 것이다.

시인이 천진성을 드러내 보이면서도 세속적 감상성을 벗어
나고 있다거나, 문명의 위기와 실존의 심연을 동시에 응시할
수 있는 것도 이러한 의지에서 가능한 것이다. 오래 전부터 생
명의 원형이 사랑의 이미지로 승화되면서 인간화되는 과정을

'시'라고 믿었던(「생명의 원형성」, 『깊고 푸른 중심』, 1995) 그는, 이처럼 '자연'을 향한 그리고 '자연'으로 화하려는 의지와 그것의 시적 실현을 통해 자신의 중년을 노래하고 있는 것이다.

아무튼 "참나무 감고 도는 / 칡넝쿨 같은 / 치정(癡情)이 풀리는 / 지천명(知天命)의 나이"(「종소리」)를 이미 넘어선 한광구 시인이 보여주는 이러한 중용과 자각의 지혜는, 그의 첫시집 발문에서 시인 정공채가 "청절한 심신의 눈으로 세상을 바라보면서, 사랑찬 언어를 명징하게 연금시켜서 시를 빚고 있다"고 한 바 있는 그의 시세계의 일관된 심화이다. 그만큼 한광구의 시세계는 확산보다는 응축을, 다채로움보다는 일관성을 지켜온 세계인 셈이다.

그래서 그에게 시작(詩作)은 "잊혀진 시간을"(「석탄 박물관에서」) 캐는 일과 같다. 그는 삶의 깊이를 채굴해 들어가는 언어의 갱부를 자임하고 있는 것이다. 이처럼 자신에게 주어진 시간과 내적 체험들을 동시에 탐구하면서 이 가혹한 세계를 견뎌가는 것이 그가 가지고 있는 서정시인으로서의 탁월한 감각이라고 해야 할 것이다.

산으로 가는 문

글쓴이 / 한광구
펴낸이 / 孫貞順
펴낸곳 / 모아드림

1판1쇄 / 2001년 1월 8일
서울 서대문구 북아현3동 180-22
전화 / 365-8111~2
팩시밀리 / 365-8110
E-mail / morebook@netsgo.com
http://www.morebook.co.kr
등록번호 / 제2-2264호(1996.10.24)

ⓒ 한광구
ISBN 89-87220-76-1

* 이 책은 추계예술대학교의 연구비를 지원받았습니다.
* 잘못된 책은 구입하신 서점에서 바꾸어 드립니다.
* 지은이와의 협의하에 인지를 붙이지 않습니다.

값 5,000원